Schneide diese Seite sauber aus. Anschließend zerreiße sie in so viele Teile, wie es Dir möglich ist. Zähle sie, und schreibe die Anzahl auf die folgende Seite. Danach erhältst Du weitere Anweisungen.

AF171040

|
|
|
|
|
|
|
|
|
|
|
|
|
|
|
|

Viel Spaß mit deinem

Positiv-Aktiv-Buch.

Dieses Buch soll Dir zum einen mehr Aktivität, und zum anderen viele positive Ereignisse und Situationen beschaffen. Vielleicht sogar die eine oder andere tolle Erkenntnis.

Scheue dich nicht, die Seiten frei zu gestalten, zu bemalen, zu bekleben. Es ist DEIN Positiv Buch.

Befolge die nun vorgebenden Aufgaben.

Herstellung und Verlag:
BoD- Books on Demand, Norderstedt
ISBN: 978-3-7392-4585-0

ANZAHL DER SCHNIPSEL:

AUF DER NÄCHSTEN SEITE ERFÄHRST DU, WIE ES WEITERGEHT.

Mache so viele Liegestütze, wie die Zahl in dem Kästchen auf der vorherigen Seite.

Trage hierzu noch einmal die Zahl in das linke Kästchen. Trage die Anzahl der Liegestütze die Du schaffst in das rechte Kästchen.

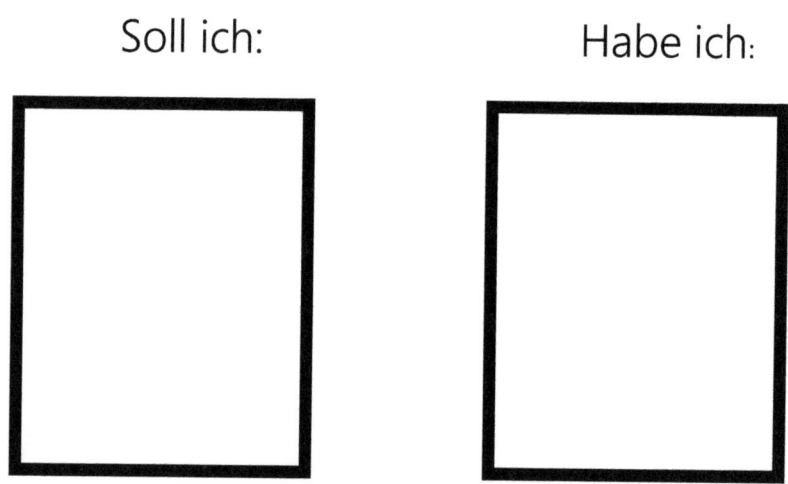

Hast Du es geschafft?

Wenn ja, gut.

Du darfst Dir selbst stolz auf die Schulter klopfen.

Wenn nein, dann erfülle die Aufgabe auf der nächsten Seite.

Nimm die Schnipsel der zerrissenen Seite und klebe sie wieder zusammen.

Klebe sie auf die nächste Seite.

Überlege Dir einen freundschaftlichen, schönen, netten Spruch, den Menschen verdienen würden, die Du gern hast. Nicht abgeschrieben, sondern selbst erfunden.

Nimm Dir dafür gerne ausreichend Zeit. Es soll von Herzen kommen.

Hast Du einen? Dann notiere ihn hier:

Entscheide zwischen folgenden drei Möglichkeiten:

- Du kaufst eine schöne Postkarte mit einem tollen Motiv (1 Punkt).

- Du kaufst eine einfache Postkarte und beklebst diese mit schönen Bildern, zum Beispiel aus Zeitungen, oder beklebst sie mit Aufklebern (2 Punkte).

- Du gehst nach draußen, machst ein schönes Foto von einem schönen Motiv und lässt Dir aus diesem eine Postkarte drucken. Alternativ kannst Du das Foto auch auf eine einfache Postkarte kleben (3 Punkte).

Wenn Du die Aufgabe erledigt hast, notiere die entsprechende Punktezahl in das untere Kästchen:

Nun errechnest Du Dir die Differenz zwischen der Liegestützen die Du hättest paar Seiten zuvor machen sollen, und denen die Du tatsächlich geschafft hast.

Notiere die Liegestütz Differenz hier:

Trage hier Deine Punktezahl der Aufgabe der letzten Seite ein:

☐ X ☐

Das Ergebnis lautet:

☐

(Solltest Du die Anzahl Liegestützen erreicht haben, streiche das Kästchen durch. In dem Fall zählt nur die Punktezahl der letzten Seite (Seite 11) für die nächste Aufgabe.)

Das Ergebnis ergibt die Anzahl, wie oft Du in den nächsten zwei Wochen folgende Aufgabe zu erledigen hast:

Nimm Deinen Spruch, schreibe ihn auf Deine Postkarte und schicke diese, ohne Vorankündigung, an eine beliebige Person die Du kennst. Es kann eine Freundin oder ein Freund sein, eine flüchtige Bekannte oder ein Bekannter, oder auch eine Verwandte oder ein Verwandter. Ein Nachbar, eine Nachbarin, ein Arbeitskollege, eine Arbeitskollegin. Schicke die Karte ganz altmodisch per Post. Schreibe natürlich Deinen Namen dazu, damit der- oder diejenige weiß, woher die netten Worte kommen und warte auf die Reaktion.

Sollte der Wert der Aufgabe größer als 1 sein, musst Du natürlich entsprechend viele Postkarten auf die gleiche Weise besorgen, wie Du es bei dieser einen getan hast. Schließlich hast Du hierfür Deine Punkte erhalten.

Du solltest die Anzahl der zu verschickenden Postkarten auf unterschiedliche Personen verteilen.

Auf der nächsten Seite notierst Du:

- an wen Du die Postkarte / die Postkarten geschickt hast

- wie die Reaktionen von den Personen darauf waren

- wann die Reaktionen kamen

Auch wenn es keine Reaktion darauf gegeben hat, notiere das bitte.

AUF DEN NÄCHSTEN SEITEN WIRST DU SCHACHTELN BENÖTIGEN.

SUCHE DIR HIERZU DREI KLEINE KARTONS ZUSAMMEN. GERNE KANNST DU DIR AUCH SCHÖNE SCHACHTELN KAUFEN. DOCH AUCH DAS GESTALTEN MACHT SPASS.

HAST DU DREI KARTONS GEFUNDEN? DANN BEKLEBE ODER BEMALE DIESE MIT SCHÖNEN BILDERN, FOTOS, PAPIER ODER SERVIETTEN. DU KANNST SIE AUCH MIT GESCHENKPAPIER ODER LAMETTA, STEINCHEN ODER BLUMEN BEKLEBEN. DEINER FANTASIE SIND KEINE GRENZEN GESETZT.

HAST DU DEINE DREI KISTEN ZUSAMMEN?

GUT, DANN LOS GEHT'S!

Kiste 1

Erstelle Dir eine Wunschkiste.

Nimm hierzu eine kleine Schachtel und notiere kleine Wünsche, die Du Dir auch jederzeit in der Lage bist zu erfüllen, auf je einen Zettel. Falte die Zettel und fülle die Kiste damit. Notiere Dir insgesamt 13 Wünsche. Es können Gegenstände sein, die Du gerne hättest, aber auch Aktivitäten, die Du gerne machst. Es sollte aber etwas Besonderes sein, worauf Du Dich wirklich freuen kannst und etwas, was Du nicht täglich oder sehr oft machst, oder Dir nicht oft gönnst.

Sollten es Dinge sein die Dich Geld kosten, so mache Dir hierfür eine separate Kasse, damit Du an Deinem Wunschtag immer ausreichend dafür zur Verfügung hast.

Fertig? Gut.

Ab sofort wirst Du Dir jeden Monat einen der Zettel ziehen und Dir diesen Wunsch erfüllen.

Warum dann 13 Wünsche? Das wirst Du noch erfahren.

Kiste 2

Erstelle Dir eine Gute-Laune-Kiste.

Bastle Dir lustige Zettel. Es steht Dir frei, ob Du Witze aus Zeitungen ausschneidest die Du lustig findest, selbst einen Witz notierst oder eine lustige Situation, die Dich zum Lachen bringt, zu Papier bringst. Auch lustige Fotos darfst Du gerne verwenden.

Ab sofort wirst Du Dir jedes Mal wenn Du nicht so gut drauf bist, einen Zettel aus dieser Kiste ziehen. Mindestens jedoch einmal pro Woche, auch wenn Du nicht traurig sein solltest.

Du darfst die Kiste jederzeit mit lustigen Sachen füllen, wenn Dir etwas einfällt oder sich etwas Neues ereignet.

Kiste 3

Erstelle Dir eine TO-DO Kiste.

Hier kannst Du selbst entscheiden, ob Du Dinge die einfach zu erledigen sind auf Zettel notierst, oder schöne Dinge, wie „30 Minuten Joggen gehen", oder „ein schönes Bad im Kerzenschein nehmen", oder „60 Minuten ein schönes Buch lesen". Denn oft nehmen wir uns nicht genug Zeit für schöne Dinge, oder schieben zu erledigende Dinge lange auf. Gerne kannst Du auch beides mischen, es steht Dir völlig frei.

Fülle die Kiste ruhig bis zum Rand. Denn hier darfst Du jeden Tag einen Zettel ziehen.

Du darfst die Kiste jederzeit mit neuen Sachen füllen, wenn Dir etwas einfällt oder sich etwas Neues ergibt.

Es ist nicht schlimm auch einmal Kind sein zu wollen. Das darfst Du.

Gehe auf einen Spielplatz in Deiner Nähe und benutze die Geräte die Dich ansprechen. Es steht Dir frei, ob Du das alleine, oder mit einem Freund oder einer Freundin machen möchtest. Schaukle und genieße es. Rutsche und genieße es. Nur bitte halte Dich an die Regeln und mache nichts kaputt.

Was hast Du getan und wie hast Du Dich dabei gefühlt? Notiere dies hier und male auf der nächsten Seite das Gerät:

Trage hier Dein aktuelles
Alter ein:

×

Trage hier die Punktezahl der
Postkartenaufgabe ein:

=

Ergibt:

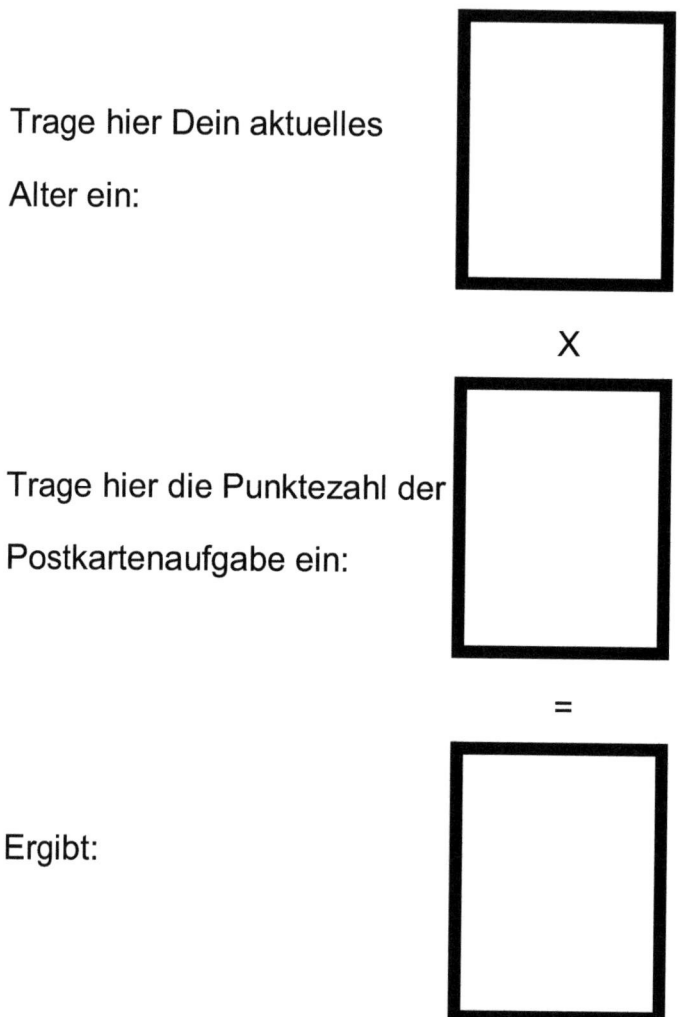

Das Ergebnis benötigst Du für die nächste Aufgabe.

Male hier so viele Blumen, wie das Ergebnis der letzten Seite **x2** ist! Beachte: keine Blume darf aussehen wie eine andere. Viel Spaß.

Kannst Du Dich noch erinnern, welche Blume Du zuerst gemalt hast?

Gehe nochmal eine Seite zurück, und nummeriere die Blumen in der Reihenfolge ihrer Entstehung. Das ist gemein, ich weiß... Aber wir wollen doch auch prüfen, ob Du bei der Menge nicht geschummelt hast.

Hast Du die Aufgabe ohne Probleme lösen können? Oder hast Du kapituliert?

Notiere Deine Gedanken und Empfindungen bei dieser Aufgabe:

Konntest Du die Aufgabe nicht lösen? Dann noch einmal von vorne:

Male hier so viele Blumen, wie das Ergebnis der letzten Aufgabe x2 ist! Beachte: keine Blume darf aussehen wie eine andere. Nummeriere Sie im Anschluss der Reihe ihrer Entstehung nach.

Fast jeder gibt ab und an einmal Geld für etwas Unnötiges aus. Ist auch nicht schlimm, doch hinterher überlegt man oft, dass dies nicht nötig gewesen wäre.

Überlege Dir, wann Du das letzte Mal unnötig Geld ausgegeben hast. Für was war es und wie viel war es? Notiere beides hier:

Grund:

Summe: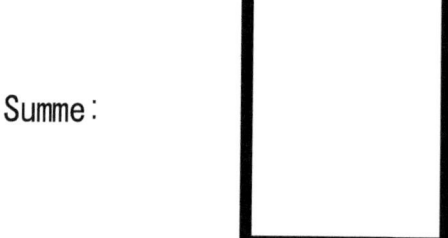

Nimm diese Summe und spende sie einem Tierheim Deiner Wahl binnen der nächsten drei Wochen. Notiere, welchem Tierheim Du gespendet hast und wann das war.

Notiere ebenfalls, was Du alles gesehen hast, was Dir aufgefallen ist, wie Du Dich gefühlt hast:

Koche Dir Dein Lieblingsessen. Alternativ darfst Du es Dir auch irgendwo fertig kaufen, sollten Deine Kochkünste Dich ins Jenseits befördern. Notiere, was für ein Gericht es ist und mache einen Beweisfleck von jeder Zutat (außer Kräuter, Salz etc. -> nur große Sachen & Soßen) auf diesen beiden Seiten.

Mache heute einen Spaziergang von 20 Minuten. Schaue dabei auf die Uhr wenn Du losgehst und wenn Du wieder zuhause ankommst.

Es ist Dir freigestellt, ob Du am Abend oder am Tag gehst.

Ebenfalls frei steht es Dir, ob Du in die Natur gehst oder durch eine Stadt. Sei achtsam und beobachte Dein Umfeld genau. Achte auf alles was Du siehst, schaue gerne etwas genauer in Dein Umfeld als sonst.

Lausche zudem den Geräuschen und rieche die Gerüche.

Sauge alle Informationen in Dich auf.

Wo warst Du und hast Du die Zeit eingehalten?

Wenn nein, wie viele Minuten warst Du drunter oder drüber?

(Notiere bei <u>mehr</u> Minuten die Zahl <u>mit einem Minus</u>, bei weniger Minuten ohne Vorzeichen.)

Diese Zahl wirst Du in Kürze brauchen.

NOTIERE NUN AUF DEN NÄCHSTEN BEIDEN SEITEN INSGESAMT 30 DINGE, DIE DU AUF DEINEM SPAZIERGANG:

GEROCHEN,

GESEHEN ODER

GEHÖRT HAST.

WAS DU GESEHEN HAST, SCHREIBST DU MIT EINEM BLAUEN STIFT.

WAS DU GEROCHEN HAST, SCHREIBST DU MIT EINEM ROTEN STIFT.

WAS DU GEHÖRT HAST, SCHREIBST DU MIT EINEM GRÜNEN STIFT.

Gehe auf die Seite am Anfang zurück, auf der Du die Anzahl Liegestütze notiert hast.

Notiere hier die Zahl noch einmal:

Hier notierst Du die Zahl Minuten

aus dem Kästchen der letzten Aufgabe:

Hast Du eine Minuszahl, ziehe diese von der oberen Zahl ab. Wenn nicht, addiere beide. Das Ergebnis lautet:

Wie war doch gleich Dein Ergebnis?

So viele Kniebeugen darfst Du heute machen.

Juhu -> los geht's!

Mache einen Ausflug in das nächst größere Dorf, oder die nächst größere Stadt. Heute ist ein Schaufensterbummel angesagt.

Schaue Dir aufmerksam Schaufenster von Geschäften an, an denen Du normalerweise vorbeilaufen würdest. Schaue Dir alle Sachen genau an, auch wenn es nicht Deinem Geschmack oder Deinem Bedarf entspricht. Nimm Dir ausreichend Zeit, die Produkte genau zu durchleuchten. Wie sehen Sie aus, welchen Zweck erfüllen sie, hast Du so etwas schon einmal gesehen…

Notiere auf der nächsten Seite fünf schöne Dinge, die Du normalerweise nicht gesehen, oder gar nicht wahrgenommen hättest.

Sie können auf jegliche Art und Weise schön sein, auch wenn Du sie Dir dennoch nie kaufen würdest. Finde die Schönheit in ungewohnten Gegenständen. Egal ob es die Form, die Farbe, die Funktion oder das Außergewöhnliche in dem Teil ist, was Dir gefällt.

Kaufe jedoch nichts. Schaue nur. Nimm Dir Zeit und versuche, etwas Schönes in etwas ganz Ausgefallenem zu finden.

Viel Spaß dabei.

Notiere hier die fünf Gegenstände aus Deinem Schaufensterbummel und beschreibe, was und warum sie von Dir auserwählt wurden.

Male hier ein Tier das es nicht gibt und erfinde sein Name:

Erzähle etwas über dieses Tier.

Dir steht dabei völlig frei, was. Beispielsweise woher es kommt, warum es dieses Tier nicht gibt oder dessen Eigenschaften.

Zähle heute die Schritte die Du gehst. Ohne Schrittzähler und ohne Handy. Du darfst dir hier oder auf einem separaten Zettel Notizen machen.

Wie viele waren es?

Waren es mehr als 10.000 Schritte? Super.

Waren es weniger als 10.000 Stück? Dann laufe jetzt noch so lange um Dein Haus, den Block, die Straße hin und her, bis Du genau 10.000 Schritte erreicht hast.

Notiere hier noch einmal die Anzahl der Schritte von der vorherigen Seite:

/

Notiere hier noch einmal die Anzahl der Schnipsel der Seite, die Du zerrissen hattest:

=

Schritte geteilt durch Schnipsel ergeben:

Merke Dir die Zahl für die Aufgabe auf der nächsten Seite.

Das Ergebnis der Seite zuvor ergibt für Deine neue Aufgabe die <u>Anzahl Wörter</u>.

Schreibe mit der <u>Anzahl Wörter</u> einen Aufsatz über einen **Baum**. Der Aufsatz muss genau die Anzahl der Wörter betragen.

Es steht Dir frei ob Dein Aufsatz eine Geschichte oder eine Dokumentation ist. Ebenso darfst Du selbst entscheiden, ob er lustig oder ernst sein wird. Auch ob der Aufsatz frei erfunden ist oder auf Tatsachen beruht, ist Deine Entscheidung.

Du hast hierfür die nächsten beiden Seiten zur Verfügung.

Dann mal los:

Male Deinen Baum:

Mache jemanden, den Du magst, ein kleines Geschenk. Egal was. Es kann etwas Selbstgebasteltes oder etwas Gekauftes sein. Es steht Dir frei, wie viel Mühe Du Dir damit machst, oder wie viel Geld Du ausgeben möchtest.

Gratuliere demjenigen, wenn Du möchtest, zum Nichtgeburtstag und überreiche Dein Präsent.

Was hast Du wem geschenkt, wie war es für Dich, und wie war die Reaktion des Beschenkten:

Überlege Dir auf dieser Seite noch weitere Geschenke für liebe Menschen, die Du zu gegebenen Anlässen, oder auch einfach mal so verschenken möchtest.

Mache Dir Notizen die Du Dir dann abrufen kannst, wenn Du sie brauchst.

Male auf diesen beiden Seiten einen Regenbogen. Male die Farben jedoch so, wie Du es gerne möchtest. Am Ende des Regenbogens befindet sich an Stelle eines Topfes voll Gold, ein Schatz.

Male Deinen persönlichen Schatz.

Heute machst Du Seifenblasen.

Es steht Dir frei, ob Du die Seifenblasen Zuhause, in einem Geschäft oder draußen im Freien pustest.

Erstelle einen Beweis und hinterlasse ihn auf der nächsten Seite.

Entweder lässt Du Seifenblasen hier auf die Seite fallen oder machst ein Foto und klebst es ein. Gerne kannst Du auch beides machen.

Erzähle über Deine Gefühle beim Seifenblasen pusten. Hast Du eventuell etwas Tolles erlebt? Wie waren die Reaktionen anderer Leute oder warst Du allein?

Viel Spaß!

Trage hier Dein aktuelles Alter ein:

Mache jetzt so viele Kniebeugen wie Du kannst. Zähle mit.

Trage die Anzahl hier ein:

Summiere die beiden Zahlen.

Das Ergebnis trägst Du hier ein:

Diese Zahl benötigst Du für die Aufgabe auf der übernächsten Seite.

Erstelle hier eine Glückssäule. Es steht Dir frei, wie diese aussehen soll. Du kannst sie mit Farben oder Zahlen, mit gebasteltem oder aus Bildern entstehen lassen. Fülle sie soweit, wie Du denkst, dass Du aktuell glücklich bist.

WAR DEINE SÄULE RANDVOLL MIT GLÜCK? SUPER.

WENN NICHT, WOLLEN WIR NUN PUNKTE SAMMELN, DIE DICH GLÜCKLICH UND FRÖHLICH STIMMEN. SAMMLE AUF DER NÄCHSTEN SEITE SO VIELE PUNKTE, DINGE, TÄTIGKEITEN, WIE AUF DER VORLETZTEN SEITE DEIN ERGEBNIS WAR.

WIE WAR DOCH GLEICH DIE ANZAHL?

ES IST VÖLLIG FREIGESTELLT, OB ES SICH UM DIVERSE AKTIVITÄTEN, LIEDER, FARBEN, WORTE ODER GERÜCHE HANDELT. DENKE RUHIG AUCH „UM DIE ECKE".

ACHTUNG: DU DARFST DIESE AUFGABE NATÜRLICH AUCH MACHEN, WENN DEINE SÄULE RANDVOLL MIT GLÜCK WAR. DANN SORGEN WIR DAFÜR, DASS DEIN GLÜCK NIEMALS AUSGEHT.

DANN MAL LOS:

Heute sollst Du 20 % der auf der letzten Seite aufgeführten Dinge nehmen, und Dir diese in der Dir gewünschten Art und Weise durchführen.

Notiere hier, was Du alles gemacht hast um Dein Wohlbefinden zu steigern:

Fülle nun erneut Deine Glückssäule. Sie kann gerne auch anders aussehen, als die Säule von ein paar Seiten zuvor.

Hat sich etwas für Dich verändert?

Hier siehst Du drei Kästchen.

Entscheide Dich für eines. Zwei der Kästchen haben eine schöne Überraschung versteckt, eines der Kästchen eine weniger schöne.

Die Auflösung erfolgt in Kürze.

Viel Erfolg.

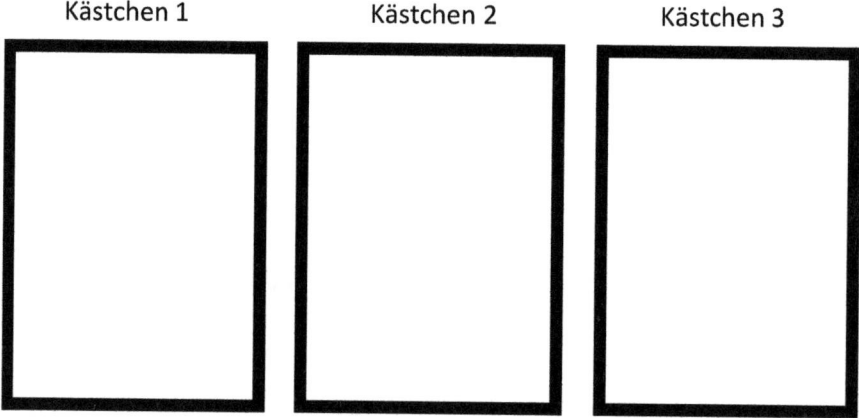

Rufe oder schreibe heute 5 Personen an, und teile ihnen mit, was Du an ihnen schätzt.

Notiere dies zudem hier. Gerne auch die Reaktionen.

So hier kommt die Auflösung der Kästchen Aufgabe:

Kästchen 1	Kästchen 2	Kästchen 3
ZONK – Du musst heute leider so viele Liegestütze machen, wie Dein aktuelles Alter + das heute Tagesdatum in Summe ist.	GLÜCKWUNSCH – Du darfst heute Zuhause alles liegen lassen und Dir ein **extra Zettel aus deiner Wunschkiste** ziehen. (darum 13)	GLÜCKWUNSCH – Du darfst eine Aufgabe aus diesem Buch doppelt machen oder weglassen. Schreibe **JOKER** auf die Seite.

Schreibe Dir heute selbst einen netten Brief. Schreibe ihn mit der aktuellen Situation. Was Dich bedrückt, was Du vorhast, wie Deine Ziele für die nächste Zeit sind. Lass Dir ruhig Zeit und gehe in Dich.

Hast Du den Brief geschrieben? Sehr schön. Stecke ihn in einen Umschlag und adressiere ihn an Dich selbst.

Entweder versteckst Du ihn so, dass Du ihn nicht gerade in den nächsten Tagen wieder findest, beziehungsweise er Dir nicht ständig in die Hände fällt, oder Du gibst ihn frankiert an einen Freund oder eine Freundin. Bitte die Person, Dir den Brief irgendwann zu zuschicken. Nicht binnen der nächsten vier Wochen, aber innerhalb von einem Jahr.

Schaue dann, wie sich Deine Situation verändert hat.

Hast Du deine Ziele erreicht?

Bastle aus der nächsten Seite ein Puzzle.

Es steht Dir frei, ob Du etwas auf der Seite malst oder einen Text verfasst. Gerne kannst Du Sie auch leer lassen, was das Ganze erschwert.

Entweder schneidest Du die Seite erst aus und erstellest dann die Puzzleteile, oder schneidest gleich die Puzzleteile aus, solange die Seite noch im Buch ist.

Du selbst entscheidest, wie viele Teile das Puzzle haben soll, und ebenso, wie die Puzzleteile aussehen sollen. Wenn Du möchtest, male sie vor. Wenn nicht, schneide einfach darauf los.

Fertig? Super.

Mische die Puzzleteile gut.

Löse das Puzzle, und klebe es eine Seite später wieder in das Buch.

Klebe hier das Puzzle wieder ein.

Erfinde ein Zeichen, Dein eigenes Symbol.

Es steht Dir völlig frei, wie dieses Zeichen aussehen soll. Es soll Dir selbst Kraft, Mut, Glück, Liebe, einfach alles für Dich Positive symbolisieren.

Die Größe, die Farbe und die Form bestimmst Du allein. Es kann auch mehrere Farben haben. Male dies auf die nächste Seite.

Fülle es während seiner Entstehung mit ganz viel Kraft und Mut. Sende hierzu mental ganz viel von dieser positiven Kraft in das Symbol. Stelle Dir vor, es ist wie ein Schwamm der sich mit all dem Guten füllt. Wie ein Vorrat für schlechte Zeiten.

Dein Geschenk:

Immer wenn es Dir nicht gut geht, denke an Dein Symbol. Male es wieder. All das Gute, das es während seiner Entstehung in sich aufgesaugt hat, kann es nun Stück für Stück an Dich abgeben.

Beschreibe Dich, so wie Du gerne sein möchtest. Welche Eigenschaften hättest Du gerne?

Hast Du bereits alle Eigenschaften die Du möchtest? Dann zähle sie auf:

Nimm Dir heute eine halbe, besser noch eine ganze Stunde Zeit für Dich. Prüfe noch einmal die von Dir gewünschten Eigenschaften von der letzten Seite.

Schließe Deine Augen und stelle Dir bildlich vor, wie Du mit diesen Eigenschaften bist. Lasse einen kleinen Film vor Deinen Augen ablaufen, in dem Du die Hauptrolle spielst. Nichts ist schlecht oder negativ in diesem Film. Alles ist so wie Du es Dir wünscht.

Spüre, wie sich das anfühlt. Fühle wie Du bist, wie Du sein möchtest.

Viel Spaß dabei!

Male auf dieser und der nächsten Seite eine Dominostrecke. Es steht Dir frei ob die Dominosteine nur als Striche, oder als richtige Steine gemalt werden. Die Art und Länge der Strecke steht Dir ebenso frei.

Bastle kleine „Nette-Kärtchen".

Suche Dir nette Sprüche, aufmunternde Worte, Lebensweisheiten zusammen. Dir steht völlig frei, ob Du diese frei erfindest, oder sie aus einem Buch entnimmst.

Zu Beginn bastle Dir 21 Kärtchen. Ziel dieser Aufgabe ist, mehr Liebe und Güte in die Welt zu schicken. Aber auch für Dich sollen die Sprüche sein.

Daher notiere die drei Schönsten auf der nächsten Seite:

Wähle nun 7 Personen aus die Du kennst. Sende an jede Person 3 Nette-Kärtchen. Bitte darum, das was demjenigen am meisten zusagt zu behalten, und die anderen beiden weiter zu verschenken.

Notiere, an wen Du die Karten geschickt hast, und wenn Du möchtest, die Reaktionen:

Bastle oder male Dir hier einen Zuhörer. Diesen kannst Du immer anmotzen, anschimpfen oder nur zum Zuhören benutzten, wenn Du jemanden brauchst.

Heute gehst Du entweder joggen oder walken.

Bist Du ungeübt, fange mit 15 Minuten an.

Bastle Dir ein schönes Lesezeichen.

Dir steht völlig frei, wie es aussehen wird, wie groß es sein wird und aus was es sein wird.

Fertig? Super.

Weiter geht es auf der nächsten Seite.

Nun nimm Dir das 4. Buch aus Deinem Bücherschrank oder Deinem Bücherregal Deiner Wahl. Dort machst Du Dein neues Lesezeichen in eine zufällig geöffnete Seite.

Vorerst musst Du damit nichts weiter machen.

Als nächstes nimmst Du Dir das 7. Buch aus der gleichen Reihe, und fängst an dieses zu lesen.

Wenn Du nicht mehr lesen möchtest, holst Du Dir das Lesezeichen aus dem anderen Buch um es für das aktuelle Buch als solches auch zu benutzen. Bevor Du jedoch die Seite schließt, aus dem Du das Lesezeichen genommen hast, holst Du Dir von dieser Seite 10 Wörter.

Es steht Dir frei, welche Wörter Du nimmst.

Notiere diese auf der nächsten Seite.

NUN SCHREIBST DU DREI SÄTZE, IN DENEN ALLE 10 WÖRTER AUS DER SEITE ZUVOR AUFTAUCHEN:

Gib den drei Sätzen aus der Seite zuvor eine aussagekräftige Überschrift. Diese sollte nicht mehr als 6 Worte haben:

Setze Dich in ein Cafe oder eine Eisdiele.

Es ist gut, wenn Du eine gute Sicht auf die vorbeigehenden Leute auf der Straße hast. Bleibe genau eine Stunde.

Erstelle Dir eine separate Strichliste.

Wie viele Menschen siehst Du lachen?

Wie viele Menschen siehst Du ernst/normal schauen?

Wie viele Menschen siehst Du böse schauen?

Wie viele Menschen siehst Du schimpfen?

Wie viele Menschen siehst Du reden?

Wie viele Menschen siehst Du telefonieren?

Wie viele Menschen siehst Du auf dem Handy tippen?

Was für einen Eindruck hast Du über die Menschen gewonnen, die Du heute beobachtet hast?

Auf was bist Du alles stolz?

Notiere dies und erläutere warum.

Erfinde auf diesen beiden Seiten ein Labyrinth:

Was, wer oder welche Situationen ärgern Dich? Zähle die für Dich heftigsten auf und erläutere, warum.

Überlege nun, was Du tun könntest, damit Dich die aufgezählten Punkte in Zukunft nicht mehr so sehr ärgern.

Notiere diese Möglichkeiten:

Finde einen Gegenstand, egal ob bei Dir Zuhause oder draußen, der wie ein Gesicht aussieht. Es ist dabei völlig egal, ob es ein kleiner oder ein großer Gegenstand ist.

Dir steht zudem frei zu entscheiden ob es in Deinen Augen ein Gesicht ist, oder nicht. Das Gesicht muss beispielsweise keine Nase haben, wenn es für Dich dennoch ein klar erkennbares Gesicht ist.

Male diesen Gegenstand auf die nächste Seite oder klebe ein Foto von ihm ein.

Hole Dir einen Würfel.

Würfle 2x. Trage die Ergebnisse hier ein:

1. Wurf:

2. Wurf:

Weitere Anweisungen folgen auf den nächsten beiden Seiten.

Trenne Dich von so vielen Kleidungsstücken, wie Dein 1. Wurf ergeben hat. Es steht Dir frei ob Du die Sachen verkaufen, entsorgen oder verschenken möchtest.

Notiere was Du hergibst, und warum gerade das:

Trenne Dich von so vielen Gegenständen aus deinem Besitz, wie Dein 2. Wurf ergeben hat. Es steht Dir frei ob Du die Sachen verkaufen, entsorgen oder verschenken möchtest.

Notiere was Du hergibst, und warum gerade das:

Was hast Du mit den Sachen gemacht? Warum hast Du Dich dafür entschieden und wie ging es Dir dabei?

Notiere dies hier:

KANNST DU DICH BEI EINER SACHE NICHT ENTSCHEIDEN? NUTZE DIE NÄCHSTE SEITE FÜR DIE LÖSUNGSFINDUNG.

NOTIERE HIER UM WAS ES GEHT. FORMULIERE ES SO, DASS ES MIT JA ODER NEIN BEANTWORTET WERDEN KANN.

Schließe Deine Augen. Halte Dir Dein Problem vor Augen und kreise solange mit einem Finger mind. 30 cm über diese Seite.

Zeige nun mit dem Finger blind auf diese Seite.

Öffne die Augen

Prüfe, welcher Antwort Du am nächsten bist.

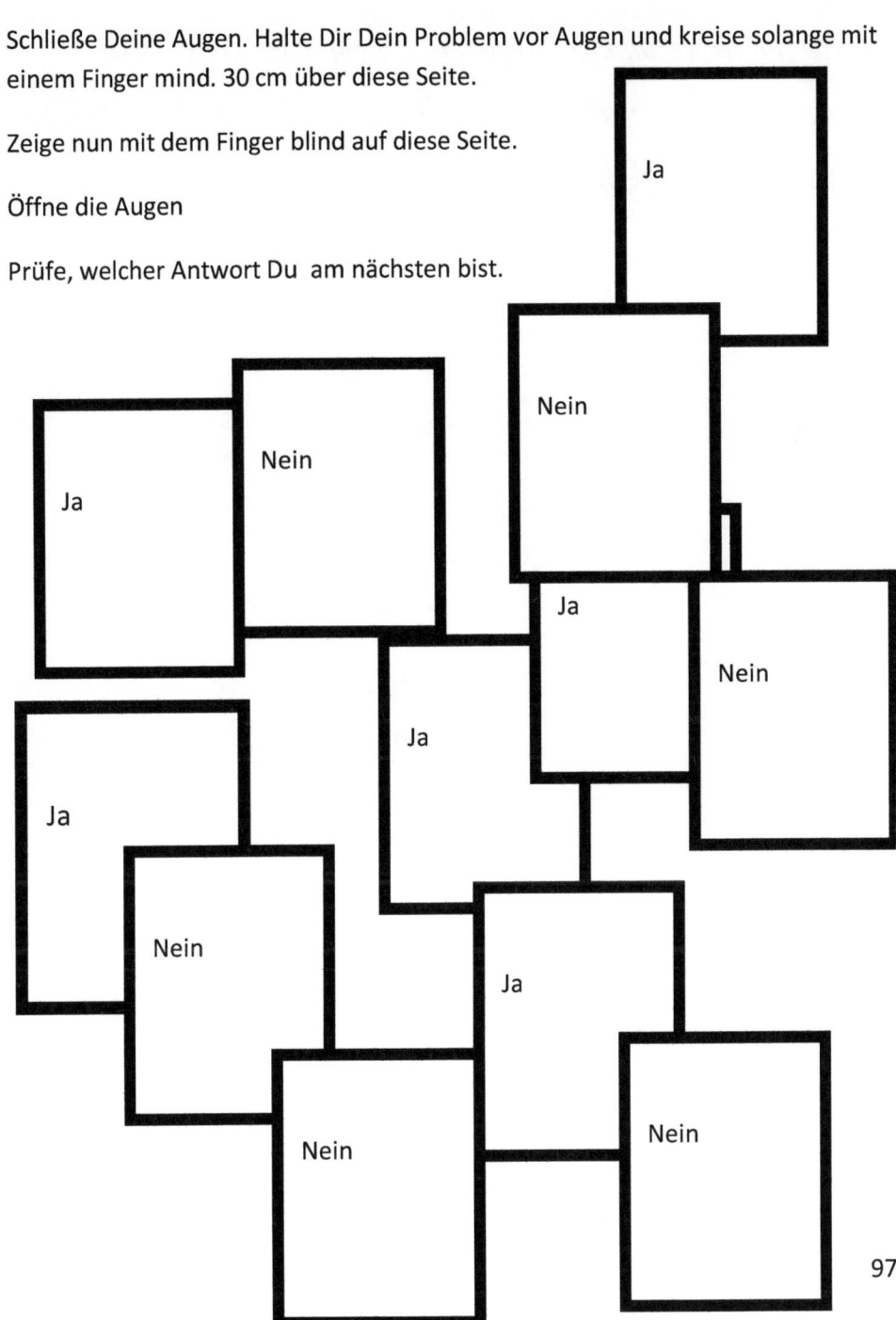

Male auf dieser und der nächsten Seite Wolken. Die Formen sind Dir überlassen. In die Wolken schreibst Du Deine aktuellen Gedanken hinein.

Gehe in die Natur und mache einen schönen Spaziergang.

Achte hierbei auf die schönen Pflanzen und Blumen.

Suche Dir eine Pflanze oder Blume aus und nimm sie Dir mit.

Trockne und presse sie hier auf diesen beiden Seiten. Klebe sie danach fest, dass sie nicht herausfallen kann.

Gehe heute joggen. Notiere die Minuten die Du unterwegs bist.

Sollte es regnen, machst Du Liegestütze. Notiere die Anzahl.

Erstelle einen Rorschachtest auf den nächsten beiden Seiten.

Dir steht frei mit was, ob mit Wasserfarbe, Tinte etc. Lege ein dickeres Papier unter die Seiten, damit nichts durchdrückt.

Los geht's!

Erzähle etwas über das entstandene Bild.
Was siehst Du darin?

Male unten in das Feld 200 Quadrate. Dir steht frei ob alle gleich groß, oder unterschiedlich groß sein sollen.

Erzähle eine Alltagssituation die Du selbst erlebt, oder beobachtet hast. Es steht Dir frei, um was es geht. Ein Gespräch zwischen Kollegen, ein Streit mit dem Partner oder eine Situation beim Einkaufen.

Wichtig ist, dass Du eine Meinung dazu hast, und es auch andere Meinung von anderen dazu gibt.

Erläutere die Situation erst einmal rein sachlich ohne Einfluss Deiner Meinung:

Nun erzähle und erläutere Deine persönliche Meinung zu dieser Geschichte:

Nun erzähle und erläutere die Geschichte mit einer anderen Meinung, aus einem anderen Sichtwinkel, auch wenn Du diese nicht teilst. Nimm Dir ruhig Zeit darüber nachzudenken.

Hat sich durch den Wechsel der Ansicht und das Hinterfragen der Situation Deine persönliche Ansicht geändert? Wenn ja, wie und warum?

Male die beiden Seiten bunt an, ohne Formen zu benutzen. Lege etwas zum Schutz unter die Seite, damit die Farbe nicht durchdruckt.

Weißt Du noch, wie Du einen Stern aus einem Blatt Papier basteln kannst?

Versuche das mit der nächsten Seite.

Was würdest Du mit auf eine einsame Insel nehmen? Es dürfen nur fünf Sachen sein. Erkläre, warum gerade diese.

WAS WOLLTEST DU SCHON IMMER EINMAL MACHEN UND HAST ES ABER NICHT? WARUM HAST DU ES NICHT?

Teile Dein Alter durch 2.

Addiere 5.

Wie lautet die Lösung:

So viele Sit up machst Du heute.

Male hier auf diese beiden Seiten einige Schmetterlinge. Es steht Dir frei, wie viele es sein werden. Auch die Form und die Farben liegen in Deiner Entscheidung.

Wie viele Schmetterlinge hast Du gemalt?

Trage hier die Anzahl ein:

+

Wie viele Blumen hattest Du

viele Seiten zuvor gemalt?

=

Ergibt zusammen:

Heute wirst Du so viele Kniebeugen machen wie Dein Ergebnis von der letzten Seite ist.

Wie viele sind das noch einmal?

Hast Du es geschafft?

Wenn nicht, machst Du die gleiche Anzahl noch einmal in Sit ups.

Los geht's!

Lasse auf den nächsten drei Seiten von Freunden, Verwandten und Bekannten je in einem Satz aufschreiben, was sie an Dir toll finden.

Schreibe einen Satz Deiner Wahl (nicht mehr als

5 Worte und positio) in verschiedenen Grössen und

verschiedenen Schriften:

Heute gehst Du spazieren. Dieses Mal 30 Minuten. Zähle dabei Deine Schritte.

Hast Du die Zeit eingehalten?

Wenn nein, wie viele Minuten warst Du drunter oder drüber?

(Notiere bei <u>mehr</u> Minuten die Zahl <u>mit einem Minus</u>, bei weniger Minuten die Zahl normal.)

Wie viele Schritte bist Du gelaufen?

Addiere die Zahlen der letzten Seite.

Wie lautet Dein Ergebnis?

Erfülle mit dieser Zahl die Aufgabe der nächsten Seite.

Notiere so viele positive Worte auf diese Seite, wie die Anzahl der letzten Seite. Du entscheidest, was für Dich ein positives Wort ist.

Erstelle hier eine schöne Wiese. Dir steht frei ob Du sie malen oder basteln wirst.

Hole Dir einen Würfel.

Würfele 3x. Notiere die Ergebnisse in den Kästchen.

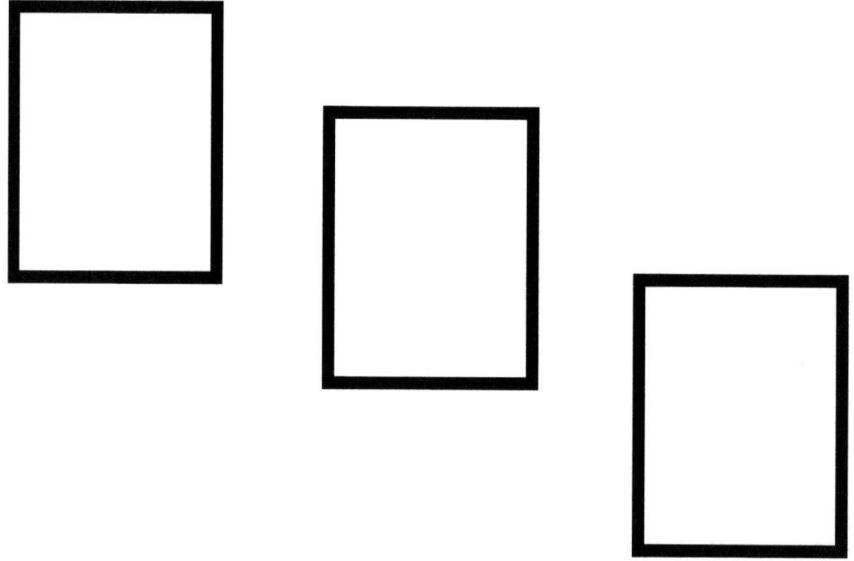

Wie ist die Summe?

Die Anzahl benötigst Du für die Aufgabe auf der nächsten Seite.

Auf diesen beiden Seiten wirst Du Wünsche von dir platzieren. Bastle Dir dazu so viele kleine Briefumschläge, wie die Anzahl der Aufgabe der letzten Seite war. Klebe diese verteilt auf diese beiden Seiten.

In jeden Briefumschlag packst Du nun einen Wunsch hinein. Notiere Dir in Deinen Kalender in einem halben Jahr, dass Du die Wünsche anschaust. Prüfe dann, wie viele sich bereits erfüllt haben.

ERFINDE EINE FRUCHT, DIE ES NICHT GIBT. BENENNE UND BESCHREIBE SIE. MALE GERNE NOCH EIN BILD ÜBER DIESE FRUCHT.

Male hier einen Baum oder Busch, der voll von Deiner erfundenen Frucht hängt:

Diese Aufgabe ist für den Abend gedacht. Erledige sie kurz vor dem Zu-Bett-Gehen.

Notiere hier auf diesen beiden Seiten alles, was Du heute Positives erlebt hast. Es können auch Kleinigkeiten sein, z.B. hat Dich jemand Fremdes angelächelt oder Dir einen schönen Tag gewünscht? War schönes Wetter? Hast Du eine besonders schöne Blume gesehen? Etwas Tolles gegessen? Es gibt so viele Möglichkeiten.

Viel Spaß!

Notiere hier all die Dinge, die Dich aktuell belasten:

Nun findest du für jeden Punkt eine Überschrift und schreibst diese je auf einen Zettel.

Die Zettel vernichtest du im Anschluss. Dir steht frei, wie. Solltest du sie verbrennen, passe bitte auf, dass du nicht deine Umgebung in Brand steckst. Du kannst die Zettel auch alternativ zerreißen, ertränken oder vergraben.

Vielleicht fällt dir auch noch etwas anderes ein. Denke beim Vernichten daran, dass dich das Problem nun nicht mehr belastet.

Erfinde einen Positivsatz für Dich. Einer, der Dir Kraft gibt und Dich aufmuntert.

Notiere ihn auf die nächste Seite.

Diese schneidest Du dann aus, und klebst sie Dir an Deine Wohnungstür. Lies den Spruch eine Woche lang jedes Mal laut vor, bevor Du die Wohnung verlässt.

Heute machst Du wieder Liegestützen.

Wie viele schaffst Du?

Wirst Du besser? Oder bist Du schon aus der Übung?

Pause auf der nächsten Seite verschiedene Geldstücke durch.

Dir steht völlig frei, wie viele Münzen und welchen Betrag Du abpaust.

Welchen Betrag hast Du abgebpaust?

Betrag: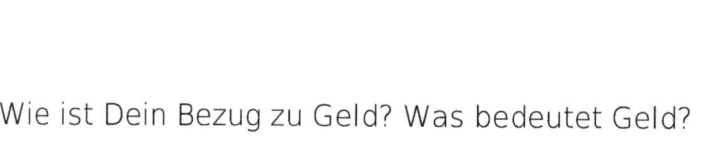

Wie ist Dein Bezug zu Geld? Was bedeutet Geld?

Gibt es für Dich wichtigeres auf der Welt, als Geld?

Beantworte diese Fragen auf der nächsten Seite.

Multipliziere hier die

Anzahl Liegestützen wenige Seiten zuvor

Mit dem Geldbetrag

Ergebnis:

Das Ergebnis aus der vorherigen Seite ergibt die Anzahl von schönen kleinen Gegenständen, die Du nun malen sollst. Wenn Du möchtest, kannst Du sie alternativ auch aus Zeitungen ausschneiden.

Es steht Dir völlig frei, was für Dich schön ist. Es können Herzen oder Blumen sein, schöne Menschen oder Schriften. Lass Deiner Fantasie freien Lauf.

Fülle die nächsten beiden Seiten mit Deiner Auswahl an schönen Bildern.

Hierbei steht es Dir frei zu entscheiden, wie Du die Bilder anordnest, ob nebeneinander oder überlappend, auf dem Kopf oder nach einer Reihenfolge Deiner Wahl.

ZÜNDE EINE KERZE DEINER WAHL AN. BEOBACHTE DIE FLAMME, WIE SIE TANZT UND SICH WIE EIN BAUM HIN- UND HER BEWEGT.

MALE AUF DIE NÄCHSTE SEITE EINE FLAMME. IM ANSCHLUSS TRÄUFELST DU WACHS AUF DIE SEITE.

PASSE BITTE AUF, UND STECKE NICHTS IN BRAND.

Baue eine Sandburg. Dir steht die Größe, die Form und die Bauart völlig frei.

Mach ein Bild davon.

Klebe dieses auf die nächste Seite.

Ich hoffe, Du hattest viel Spaß und viele schöne Erlebnisse mit Hilfe dieses Positiv-Aktiv-Buches!

Noch weiterhin alles Gute für Dich!

Deine Danita

Weitere Werke von Danita Molina:

Mach Mich Serie:

- **Mach Mich – Mach Dich – FUNNY** - Das lustige Aktiv Buch für Erwachsene
- **Mach Mich – Mach Dich – SELFIE** - Das etwas andere, lustige Fotoalbum

Schreib mir was Serie:

- **Schreib mir (noch) was 1 & 2** – Das etwas andere Freundschafts- und Erinnerungsbuch für Erwachsene Teil 1 & 2
- **Leute - Schreibt mir (noch) was! 1 & 2** – Das Freundschafts- und Erinnerungsbuch für Jugendliche Teil 1 & 2
- **Liebe Kollegen- schreibt mir was!** – Das Freunde- und Erinnerungsbuch für Arbeitskollegen
- **Schreib mir was zum Schulabschluss** – Das Freundschafts- und Erinnerungsbuch für Schulkameraden
- **Schreibt uns was zur Hochzeit** – Das Hochzeits-Gästebuch

Sonstige:

- **Das Haustier Freundschaftsbuch** – Auch Haustiere dürfen Freundschaftsbücher haben
- **Das Liebeskummer Erste Hilfe Buch** – Lustige & befreiende Aufgaben zur Überwindung des Liebeskummers
- **Das Beziehungsbuch** – eine tolle, gemeinsame Erinnerung für Paare
- **101 Dinge die getan haben solltest, bevor du den Löffel abgibst**
- **Das Antwortenbuch** – Die Entscheidungshilfe auf jede Frage
- **Mal mich – Skulls** – das Malbuch

www.danita-molina.jimdo.com